ANETTE LAUER

ER HAT DIE BERGNER NICHT GEKÜSST

[handwritten dedication in green ink:] Für Frau Brunnigheus- [...] Anette Lauer 2002

Kornelimünster Aachen

KUNST AUS NORDRHEIN-WESTFALEN

4. 5. 2002 – 23. 6. 2002

Vorwort

Die junge, in Duisburg lebende Bildhauerin Anette Lauer, Wilhelm-Lehmbruck-Stipendiatin 1996, bestreitet im Jahr 2002 die dritte Ausstellung in der ehemaligen Reichsabtei Aachen-Kornelimünster und der hier beheimateten Landeseinrichtung „Kunst aus Nordrhein-Westfalen".

Die Präsentation trägt den Titel „Er hat die Bergner nicht geküsst", der sich auf eine der ausgestellten Gipsskulpturen von Anette Lauer bezieht, die das Ministerium für Städtebau und Wohnen, Kultur und Sport im vergangenen Jahr im Sinne der Künstlerförderung erworben hat. Eine zweite im Landesbesitz befindliche Plastik, die „Eheskulptur II", eine markante Arbeit von 1996 aus Silikon, ist ebenfalls in der Ausstellung zu sehen.

Trotz der für die klassische Bildhauerei ungewöhnlichen Materialien wie Silikon, Gips, Pferdehaare, verschiedene Schaumstoffe und natürliche, mit Leim verarbeitete Faserprodukte bezeichnet Anette Lauer ihre Werke als Skulpturen; denn sie setzt sich in erster Linie mit formalen Problemen auseinander, die sich in die dritte Dimension erstrecken und durchaus auch zu mehrteiligen Lösungen führen, ohne sich allerdings dem allgemeinen Trend zur Installation zu beugen. Die eben aufgeführten Materialien eignen sich in ganz besonderer Weise zur Gestaltung amorpher Formen mit abgerundeten Elementen.

Dabei legen die weitgehend abstrahierten Arbeiten gerade auf Grund der verwendeten Werkstoffe und der ihnen beigegebenen Titel inhaltliche Interpretationen nahe, die sie in den Bereich des Mythologischen, Religiösen oder auch Kultischen rücken und ganz existenzielle menschliche Fragestellungen wie Leben und Vergänglichkeit, männliche und weibliche Wesensmerkmale berühren.

Neben den Skulpturen werden auch eine ganze Reihe von Zeichnungen Anette Lauers ausgestellt, die ebenfalls körperhaft amorphe Formen und Wesen zeigen und immer das Interesse der Künstlerin an der dritten Dimension erkennen lassen. Die collageartig gefügten „Haarbilder" üben eine eigenartige, hintergründige, fast morbide Faszination aus.

Mit der Bildhauerin Anette Lauer soll eine der besonders profilierten und eigenständigen jungen nordrhein-westfälischen Künstlerinnen im landeseigenen Ausstellungshaus in Aachen-Kornelimünster einem breiteren Publikum vorgestellt werden.

Maria Engels, Kuratorin

„Sphinx trifft Ödipus", Draht, Gips, 2001, H: ca. 100 cm

„Sphinx trifft Ödipus", Draht, Gips, 2001, H: ca. 100 cm

„Er hat die Bergner nicht geküsst", Draht, Gips, 2001, H: ca. 90 cm

Einführung

Anette Lauer ist Bildhauerin. Sie achtet die Tradition ihrer Profession und gestaltet körperlich-sinnliche *Ge-Bilde*, die sich selbstbewusst im Raum behaupten. Sie ist im engeren Wortsinn jedoch keine Bildhauerin, weil es Anette Lauer nicht interessiert, die Form aus dem harten Stein- oder Holzblock zu befreien. Die Künstlerin stimmt mit Picassos Worten überein: „Es ist doch seltsam, dass man darauf verfallen ist, Statuen aus Marmor zu machen. Er ist nur in Blöcken vorhanden, er gibt keinerlei Anregung, er inspiriert nicht. Wie konnte Michelangelo seinen *David* in einem Marmorblock erkennen?"

Anette Lauer bevorzugt ein grundsätzlich anderes, ja entgegengesetztes Gestaltungskonzept. Eine Skulptur aus fließendem, formbarem Material aufzubauen, durch Hinzufügen zur gewünschten Form zu gelangen, das interessiert sie weit mehr. Deshalb verarbeitet sie häufig Gips, einen traditionellen, bereits seit Jahrtausenden von Bildhauern benutzten Werkstoff; doch nicht, wie sonst üblich, zum Herstellen eines Modells, das anschließend im dauerhaften Material abgeformt wird, sondern - beispielsweise bei den *Existenzen* oder *Sphinx trifft Ödipus* - als Stoff für die endgültige Lösung.

Weitaus ungewöhnlicher, aber ebenfalls den Bildhauertechniken entlehnt, ist das Arbeitsmaterial Silikon. In *Eheskulptur II* aus dem Jahr 1996 spielt der sonst bei der Herstellung von Bronzeskulpturen für die elastische Hohlform verwendete Kunststoff die Hauptrolle. Anette Lauer hat das Silikon selbst im Abgussverfahren zu einem monumentalen Werk verarbeitet. Seine Gestaltung ist eine heutige Antwort auf die mittelalterlichen Grabplatten Herzog Heinrich des Löwen und seiner Frau Mathilde im Braunschweiger Dom.

Das transparente Silikon oder der kalkweiße Gips dürfen ihre eigene und eigentümliche Ästhetik uneingeschränkt entfalten, auch wenn sie nicht *schön* im landläufigen Sinne zu nennen sind. Im überraschenden Zusammentreffen mit anderen, unkonventionellen Materialien können sie ihre Wirkung sogar noch steigern. Dies gelingt beispielsweise in der aktuellen Skulptur mit dem - wie so oft bei Anette Lauer - spielerisch-ironischen Titel *Lorelei*. Zwischen den einzelnen Säulenteilen hängt jeweils ein Kranz aus Pferdehaaren herab, der den neugierigen Blick auf die Körperwülste verschleiert und mit seinem stumpfen, spröden Charakter im reizvollen Kontrast zu den lackierten Gipselementen steht.

Der erste Künstler, der Pferdehaar in seinen Skulpturen verwendet hat, war Umberto Boccioni. Seit er 1912 im Manifest der futuristischen Bildhauerkunst dazu aufrief, „wir wollen die rein literarische und traditionelle Vornehmheit des Marmors und der Bronze zerstören", fanden Materialien und Gegenstände aus der Alltagswelt ihren Einzug in die Kunst. Die Bildhauer nahmen sich auf der Suche nach neuen Ausdrucksmöglichkeiten nicht nur alle Freiheiten in der Wahl, sondern auch in der unbekümmerten Kombination ihrer Werkstoffe. Dies entsprach einer weiteren Forderung Boccionis, „zur Erreichung der bildnerischen Emotion" in einem plastischen Werk verschiedene Materialien gleichzeitig verwenden zu dürfen.

In dieser Tradition des Materialexperiments steht Anette Lauer, auch wenn sie das abgeklärte Publikum mit der Wahl ihrer *minderwertigen* Werkstoffe heute weniger zu schockieren vermag als die Künstler am Beginn der Moderne. Dies liegt auch gar nicht in ihrer Absicht, obgleich eine gewisse Irri-

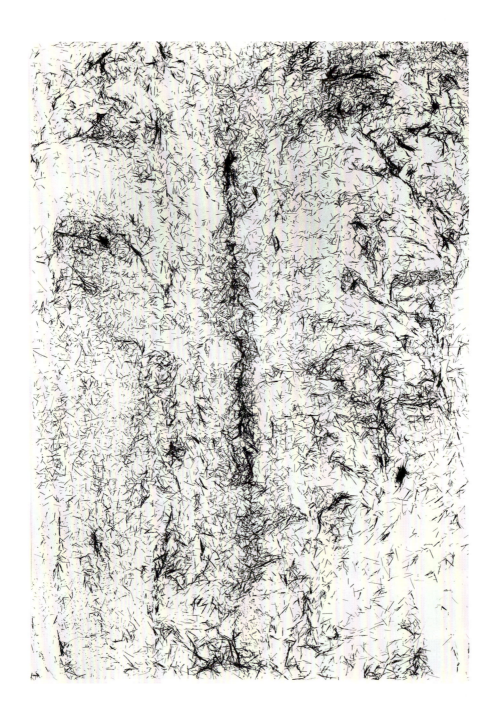

Haarbild, 2002, H: ca. 50 x 70 cm

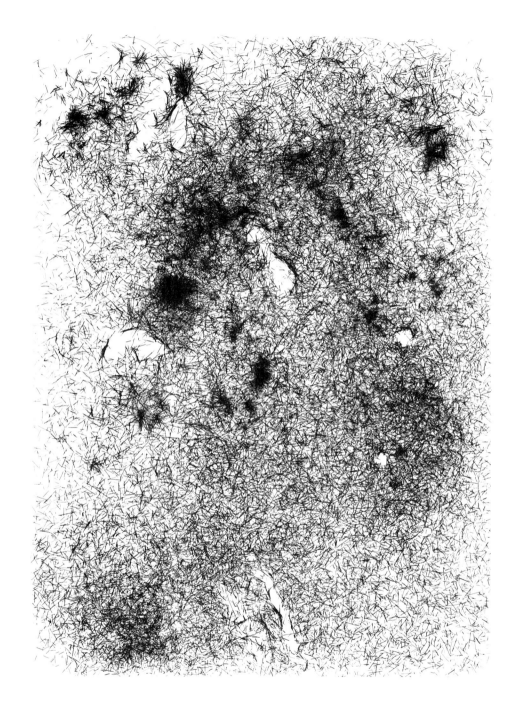

Haarbild, 2002, H: ca. 50 x 70 cm

„Existenzen", Draht, Gips, Polyester, 2001, H: ca. 90 cm

tation des Betrachters von ihr schon einkalkuliert wird. Entscheidend für die Wahl des Materials ist immer die angestrebte Form und Anette Lauer nimmt dazu, wie sie selbst sagt, „was am besten geht", was ihrer bildnerischen Idee am nächsten kommt. Dies können dann Autospachtelmasse, Luftschaumfiltermatten oder eben Pferdehaare sein.

Die erste Vision für ein dreidimensionales Kunstwerk entwickelt Anette Lauer im Medium der Zeichnung. Mit Bleistift, Tusche oder deckenden Wasserfarben schafft sie ganz aus der Linie gedachte Arbeiten. *Suchblätter* nennt die Künstlerin diese Zeichnungen, deren spontaner, unmittelbarer Charakter einen anschaulichen Einblick in ihre Formenwelt gewährt, die sich mit den Jahren immer mehr dem Figürlichen geöffnet hat. Diese Blätter stehen zwar im Zusammenhang mit ihren Skulpturen, haben aber doch einen selbständigen Charakter, da sie den eigenen Gesetzen der Flächenkunst gehorchen und eine vorgetäuschte Räumlichkeit vermeiden. Zugelassen wird allenfalls ein collagenhaftes *Davor* und *Dahinter*.

Gänzlich freie Arbeiten sind die sogenannten *Haarbilder*, die Anette Lauer in jüngster Zeit in einer neuen Serie erprobt hat. Auf ein waagerecht liegendes, mit Leim bestrichenes Papier werden nach einem gelenkten Zufallsprinzip schwarze Pferdehaare in unterschiedlicher Länge und Dichte gestreut. Das geschnittene Haar entfaltet durch die stumpfen Enden eine Wirkung, die eine gezeichnete, radierte oder gemalte Linie niemals erreichen kann. Denn eine solche Linie läuft immer schmal aus und verbindet sich versöhnlich mit dem hellen Grund. Aus der Fläche hervortretende Haarbüschel bewirken an einigen Stellen eine Plastizität der Materialbilder, die beweist, dass Anette Lauer eigentlich nie ohne die dritte Dimension, ohne das Gefühl für Körperlichkeit auskommen kann.

„Skulptur ist das Wesen der Dinge," resümierte bereits Wilhelm Lehmbruck, „das Wesen der Natur, das, was ewig menschlich ist." Anette Lauers Arbeit *Er hat die Bergner nicht geküsst*, der die Ausstellung ihren Namen verdankt, ist eine augenzwinkernde *Hommage* an Lehmbruck. Der Titel spielt auf dessen unerwiderte Liebe zu der jungen Schauspielerin Elisabeth Bergner an - einer der Gründe für Lehmbrucks selbstgewählten Tod. Motivisch erinnert die Skulptur an seinen *Gebeugten weiblichen Torso* aus der Zeit um 1912/13. Die ehemalige Wilhelm-Lehmbruck-Stipendiatin hat aus kritischer Distanz den *Künstlerwettstreit* mit dem Vorgänger aufgenommen und kommt zu einer eigenständigen, teilweise gegensätzlichen Lösung. Spannung erreicht sie nicht durch eine gespannte Oberfläche, sondern durch eine kraftvolle Gesamtform. Die bewegte, ein Eigenleben entfaltende Modellierung geht über nahezu alle körperlichen Details hinweg und wird nur von den vier *Brüstchen* unterbrochen, die vorne eng zusammengefasst sind, um den Bogenlauf nicht zu stören.

Wie ihr gesamtes Schaffen ist diese Skulptur in eindringlicher Weise ein künstlerisches Manifest über die elementaren Bedingungen und Möglichkeiten der Bildhauerei, hervorgegangen aus der unmittelbaren, sinnlichen Erfahrung mit dem Material, dem *Machen*. Deshalb ist Anette Lauer Bildhauerin.

Frauke Mankartz

„Lorelei", Gips, Polyester, Haar, 2002, H: ca. 340 cm

Collage, 1996, ca. 50 x 70 cm

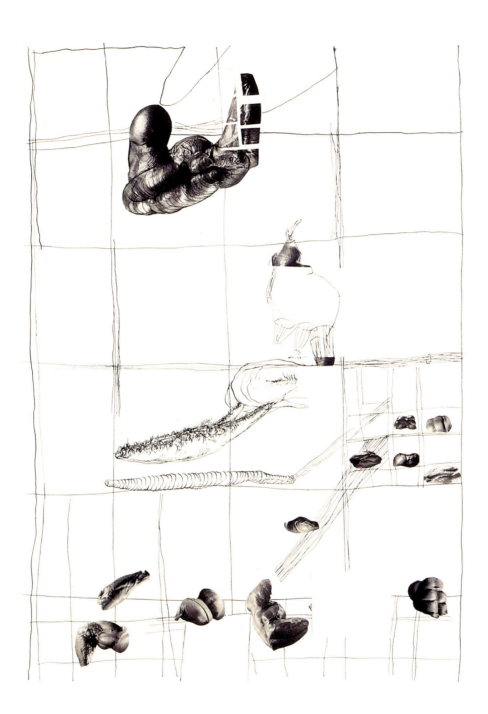

Collage, 1996, ca. 50 x 70 cm

„Banalitätenkönig" I: Draht, Bitumen, Haar, 2002, H: ca. 280 cm

„Banalitätenkönig" II: Draht, Bitumen, Haar, 2002, H: ca. 280 cm

„Eremit", Gips, Draht, 2002, ca.120 cm

Biografie Anette Lauer

1964
geboren in Koblenz
lebt und arbeitet in Duisburg

1984 – 1991
Studium an der HBK in Braunschweig

1989
Kunstverein Gifhorn, (P), (E)

1990
„Errötende Jungfrau", Büssinghof, Braunschweig
mit B. Dierks und J. Treutler, (K)

1991
„Köln-Kunst 3", Kunsthalle Köln, (K)
Friedrich-Vordemberge-Stipendium der
Stadt Köln

1992
Cité Internationale des Arts, Paris
(Stipendium des Landes Niedersachsen)

1993
„abstrakt" – der Deutsche Künstlerbund in
Dresden (Mitglied), (K)

1994
Förderstipendium des Landes Niedersachsen
„Privatgrün", Skulpturen in 20 Kölner Gärten,
Kunstraum, Fuhrwerkswaage, Köln (K)
„Prima Idea" – Der Deutsche Künstlerbund in
Mannheim, (K)

1994 – 1995
„Junge Kunst aus Niedersachsen", wechselnde
Orte in ganz Niedersachsen, (K)

1996
Wilhelm-Lehmbruck-Stipendium der Stadt
Duisburg (seitens des Landes Nordrhein-
Westfalen)
„Kunst im Braunschweiger Dom V",
Braunschweig, (K, E)
„Salome", Salonstücke 4, Städtische Galerie Villa
Zanders, Bergisch-Gladbach, (K, E)

1997
„Was Ist" – Der Deutsche Künstlerbund in
Rostock und Wismar, (K)

1998
„Wilhelm-Lehmbruck-Stipendiaten 96/98,
Wilhelm-Lehmbruck-Museum Duisburg
(K, P, E)

2001
„Art du chambre", Lübeck (E)

E = Einzelausstellung
K = Katalog
P = Plakat

Impressum

Herausgeber
Ehemalige Reichsabtei, Aachen-Kornelimünster

Autoren
Maria Engels, Frauke Mankartz

Layout
Anette Lauer

Fotographie
Anne Gold (Abb. 1, 2, 3, 4, 5, 6, 7, 8, 11, 12, 13)
Friedrich Rosenstiel (Abb. 9, 10)

Gesamtherstellung
DruckVerlag Kettler, Bönen, Westf.

Auflage: 500
© die Künstlerin und die Autorinnen
© VG Bild-Kunst, Bonn
  für die Werke von Anette Lauer

ISBN 3-935019-46-7